KB042851

청어詩人選 292

달뿌리풀

山岷雨 정진권 시집

청어

달뿌리풀

정진권 지음

발 행 처 · 도서출판 청어
발 행 인 · 이영철
영   업 · 이동호
홍   보 · 천성래
기   획 · 남기환
편   집 · 방세화
디 자 인 · 이수빈 | 김영은
제작이사 · 공병한
인   쇄 · 두리터

등   록 · 1999년 5월 3일
(제321-3210000251001999000063호)

1판 1쇄 발행 · 2021년 7월 20일

주소 · 서울특별시 서초구 남부순환로 364길 8-15 동일빌딩 2층
대표전화 · 02-586-0477
팩시밀리 · 0303-0942-0478

홈페이지 · www.chungeobook.com
E-mail · ppi20@hanmail.net
ISBN · 979-11-5860-959-7(03810)

달뿌리풀

山岷雨 정진권 시집

이번 시집은 나의 다섯 번째 시집입니다
밤사이 요란한 비가 내리고 아침 출근길에 빗줄기가 약해졌
습니다
우리를 감싸고 있는 근심 걱정이 우리를 아프게 하지만
밤새 내린 봄비로 깨끗이 씻겨 내려가길 바랍니다
절기는 춘분이지만 꽃샘바람은 넣었던 외투를 다시 꺼내게
합니다
칸트는 산책을 하며 하루를 가꾸어 나갔다 합니다
하루가 다르게 늙어가는 중장년의 우리는 무엇을 위해 살아
가는가
남겨진 날들에 대한 두려움, 지나간 날들에 대한 회한,
점점 더 사람과의 관계는 힘들어지고, 서운함은 늘어나고,
허무한 시간들의 연속입니다
오늘은 지친 몸을 추스르고 강가를 걸으렵니다
인적이 드문 강가를 걸으며 청결한 마음 찾아 나서렵니다
바람에 흔들리는 철 지난 갈대꽃을 보며, 소리 없이 흐르는
강물을 바라보며
후르륵 후르륵 몰려다니는 참새 떼를 보러 가렵니다
돌 틈으로 자신을 밀어 올려 생명에의 의지로 기어코 움트는
민들레도 어루만지며 잃었던 마음 주우러 나서렵니다

모두를 사랑하며 살 수 있는 그러한 세상 되기를 기도하렵니다
바람 한 줄기, 풀 한 포기, 꽃잎 하나가 소중한 삶으로
나를 바라보기 때문입니다

2021, 텅 빈 사무실에서
山岷雨 정진권

차례

제2부 개밥 주러 가는 날

제3부 가을날 아침

제4부 세월의 언덕에 서서

제1부

선운사 동백꽃

봄 하나

졸 졸 졸
얼음장 밑으로
봄이 왔다

돌 돌 돌
생명의 환희
소리치고 있다

다시 시작이다

봄 둘

황새냉이가 고개를 내밀었다
설레는 봄이다
눈 덮인 보리밭에도
만경강 쇠청이 다리에도
이미 봄이 왔다

얼마나 기다렸는가
저 연둣빛 그리움을

봄 셋

산이가 바람나
목줄을 끊고 나갔다
과붓집 빨랫줄에
속곳 옷 바람에 날린다
천지가 봄꽃들로
기지개를 켰더라
속없는 건달들
히죽히죽 웃고 있더라

선운사 동백꽃

고즈넉한 선운사에 비가 내리네
동백나무 가지에 영롱한 빗방울
그 비에 젖어 동박새 우네
봄날이라고 동백꽃 보러 왔나
이 비 그치고 나면
선홍빛 붉은 치마 나부끼면서
낙화(洛花)로 툭 툭 떨어지리니
아 선운사여 동백꽃님이여
떨어져 아름다운 것은
죽어 아름다운 것은 너뿐이구나

산다는 것

산다는 것은
눈 뜨면 모든 게 아름답고
눈 감으면 모든 게 그리운 것이다

산다는 것은
세상에 슬프지 않은 것이
하나도 없다는 것을 아는 것이다

산다는 것은
맨살로 정을 주다가
생살을 떼고 홀연히 떠나는 것이다

산다는 것은
탄생이라는 꽃으로 피었다가
망각이라는 꽃으로 지는 것이다

산다는 것은
몽상의 숲을 끝없이 걷다가
비로소 헛된 꿈에서 깨는 것이다

멸치젓

여름날 저녁이 오면
달맞이꽃, 분꽃
소리 없이 피어
어스름 달빛 타고
코끝 향기로 다가올 때,
멸치젓갈에
청양고추 착착 썰어
물 말아서 먹고 싶다
모깃불 피우고
별을 보던 그 시절,
울 아배 먹던 칼칼하고
짭조름한 맛이 그립다
그 세월이 그립다

벌노랑이

여름 들판에서
귀한 꽃을 보았네
방울방울 이슬 같은
앙증맞고 귀여운 꽃
꽃의 이름은
이름조차 소담스러운
벌노랑이라네
한번 보면 누구나
얘기하고픈 꽃
키가 작다고
꿈도 작을까나
아무도 돌보지 않는
팝콘같이 정겨운 꽃
백합처럼 장미만큼
훨씬 작아도
외진 곳 말없이
꿈을 꾸고 있었네
몽글몽글 구름처럼
여름을 채우고 있었네

들꽃

언제부터인가 나는 들꽃이 좋았다
이름 모를 꽃이라 불리는 야생화는
사람들이 그 이름을 모를 뿐,
모두가 이름이 있는 것이다
비가 오면 비가 오는 대로
바람 불면 바람 부는 대로
그저 조용히 미소 짓는 들꽃을 보라
바라만 봐도 행복해지는 들꽃은
별이 떨어져 꽃무덤이 된 것이다
그걸 알고부터 나는 들꽃이 좋았다
아예 들꽃처럼 살기로 했다

슬픈 이별

천인국이 활짝 핀 강기슭
석잠풀과 부처꽃도
고개를 들어 반듯이 피었다
연둣빛 꽃대궁이
자홍색 연꽃을 피우면
여름도 깊어 갔다
아끼던 후배가 머얼리 떠나갔다
하루 종일 허우룩 슬펐다
"형 언제 올 거야"
전화기 음성을 떨쳐내기 위해
마냥 걸었다
미안하다고 연잎에 글씨를 새겼다

창틀에 기대어 전화를 하던
숲속의 후배
오늘,
한 줌의 재가 되어
호리병같이 조그만
항아리 속으로 들어갔다
그 큰 덩치가
불새가 되어 들어갔다

가지 꽃

감자밭에 가지 꽃
수줍은 여인인가
햇볕에 비춘
회색 솜털
새악시처럼 예쁘다

고추밭에 가지 꽃
연보라 여인인가
꽃마차 타고
떠나가나
고개 숙여 아름답다

첫 경험

새 차를 뽑아
삐까번쩍
라벨도 떼지 않은 채
폼 나는 자세로 차를 몰았다
외제차와 견주어도 손색없는
멋진 후광이 으쓱거린다
편의점 앞에 차를 세우고
잠시 볼일을 봤다
아뿔싸,
차량 앞 유리에
상장이 하나 걸려 있다
끈적거리는
주정차 과태료 종이가
히죽히죽 웃고 누웠다

그놈이 왔다 갔다

여름으로 가는 길목에서

초여름 산야는 온통 신록의 향연이다
푸르른 외침이 온 산을 뒤덮고 있다
새들은 모여 무엇 하는 것일까
종달새 날고 팔색조 꿈꾸는 오월이 가고 있다
연분홍 찔레꽃 바람에 흩날리고
그리움 피는 계절에 서 있다
세월이 가는 소리를 듣고 있다

이별

이팝나무가
하이얀 팝콘을 튀겨
가로수에 뿌려 놓고 있다
누구를 환송하기 위해
거름 주듯 흩어 놨는가
웃고 놀던 그 길
이제 홀로 걷고 있다
향기로 떨어지는 꽃잎 길
추억만 남아
엊그제 같은 지나온 길
되돌아보고 있다

노루

안토니오 비발디를 듣다가
강변 숲에서
새끼 노루를 보았다
다리를 절룩거리며
달려가는 노루를 보려고
몸을 낮췄다
해 질 녘까지 기다렸으나
볼 수 없었다

하루살이

하루살이의 하루가
백 년인지 천 년인지
알 수가 없구나
바위에게 물어보니
사람도 하루살이란다

인생

이침 먹고 똥
점심 먹고 똥
저녁 먹고 똥

똥만 싸다가
세월 다 보낸다

봄비 내리던 날

세상사 사연 없는 사람 누가 있던가
그를 만나러 가던 날, 비가 내린다
그를 만나면 밤새 취하고 싶었다
삼백 예순 숱한 나날,
하필이면 운명의 장난이던가
낮비는 내려가고 밤비는 올라갔는가
엇갈린 하행선과 상행선 사이
KTX 철로에 가랑비가 가랑가랑
보석처럼 눈물짓는다
핸드폰에는 모던댄스가 흘러나오고
라쿰파르시타 탱고가 줄을 타듯 곡예를 하고 있다
멀리서 경적이 울리고 기차는 씩씩거리며 달려온다
난산 끝에 검붉은 태아의 머리가 보이듯
곧이어 세상 밖 울부짖음으로 토해내리라
그를 못 본채의 상경이다
서울 야경에 취한 그의 목소리가
전화기 넘어 흘러내리고
충무로에 비가 온다는 그의 촉촉한 음성이다
밤비는 추적추적 내리고
낮비는 다시 기차에 몸을 실었다

노래가 흘러나온다
봄비를 맞으면서 충무로 걸어갈 때
쇼윈도 그라스에 눈물이 흘렀다
이슬처럼 꺼진 꿈속에는 잊지 못할 그대 눈동자
샛별같이 십자성같이 가슴에 어린다

월문리

춤 선생 형님
낮술 먹고 잔다
산사 고요하다

비

비는 양철지붕 밑에서
따다닥 따다닥
추억으로 맞을 일이다

비는 꽃과 연못에서
후두둑 후두둑
사랑으로 맞을 일이다

비는 허물없는 친구와
주루룩 주루룩
술을 따르며 맞을 일이다

노란 주전자와 부침개가
같이 놀아야
비가 내리는 것이다

비수리

똑바로 서 있는 줄기에
가지가 나뉘어 피었다
반관 목의 여러해살이 풀이든가
점을 치던 무녀가 쓰던
회초리 같은 풀이든가
어느 날부터인가
야관문이라 불렀다
흔하디흔한 시골 산기슭에
너도나도 피어 흐드러지던
천박한 그것이
보라색 선을 흔들며
웃고 서 있다

어느 날,
정력의 발기나무로 알려지면서
비수리 팔자 알 수 없다며
귀한 상전되어 웃고 서 있다
밤의 문을 여는
야관문이라는 것이
어찌 문을 연다는 것인가

죽은 것들이 실아난다는
소문 하나에
귀 얇은 남자들
먹지도 않고
이미 서 있건만
그냥 풀은 풀이지
바람에 흔들리는
싸리 대 같은 그것이
회초리로 보일 뿐,
허상의 욕망은
비수리로 웃고 있는가

수컷들아! 이리 오너라!
비수리로 맞아 볼까나
야관문으로 죽어 볼까나

여름 편지

생동하는 온 세상이 이채롭다
초하(初夏)의 숲으로 가련다
청량한 자연과 하나가 되고 싶다
녹음 물든 팔레트처럼 침잠(沈潛)하련다
숲에 누워 바람과 벗이 되리라
흙냄새나는 그곳에서 잠이 들리라

여름밤은 깊어 가는데

페추니아와 매일화가
활짝 폈다
밤이면
달맞이꽃과 분꽃 향이
코를 찌르고 있다
여름이 깊어가고 있다
가로수 회화나무도
노오란 황금색 꽃으로
은은한 품격을 드리우고
있다
향기 있는 꽃들은 꽃대로
향기 없는 꽃들은 꽃대로
여름 하루하루를 채우고
있다
나는 또 하나의 여름 속에
빠져
꽃들을 본다
밤하늘 무수한 별을 보며
하룻밤의 여름을 채운다
검푸른 하늘에

길게 금을 긋고
사라지는 별똥별을 보며
십자가 성호를 긋는
낡은 사진첩의 어머니를
본다
여름이 가면,
언제 그랬냐는 듯
삽상(颯爽)한 바람 한줄기
가을을 맞이하듯이
찬바람 한줄기
밤하늘의 십자성호(十字聖號)로
다가오고 있다

오늘 밤은 별의 자장가로
꽃들을 재우리

파리 한 마리

여름 어느 날인가
강원도 최전방 인제 원통에서다
논산훈련소에서 자대로 배치된
큰아들 면회 가던 용달이 형 부부,
아들 볼 생각에 마음이 초조하다
목적지에 다다른 농촌 풍광 아름답다
어디서 날아온 파리 한 마리
눈에 붙었다 팔에 붙었다
요리조리 성가시게 운전을 방해한다
하여,
순식간에 때려잡을 요량으로
부부가 합창하여
"하나 둘 셋"
손뼉 치며 잡으려다가
박자를 잘못 맞춰 어깃장 났다
앞바퀴는 논두렁 고랑에 빠지고
머리는 차창에 찧어
이마에 혹 하나씩 얻었구나
달아난 파리 한 마리
까르르르 까르르르 날아다니고

레커차 불러내어 겨우겨우 면회를 했다
몇 개월 만에 만난 군인 아들 나타나
흑인처럼 하얀 이 드러내며 하는 말

"엄마, 아빠, 이마의 혹은 뭐예요?"

기상대

대서(大暑)에 염소 뿔이 녹았다
정국은 내로남불
형국은 아시타비
정치는 실종상태
경제는 혼수상태
외교는 중환자실
모든 게 너의 똥이 굵다
피서철에 국민들이 뿔났다

호도

충남 서해안의 끝 섬
여우를 닮은 섬이런가
신비롭고 아름다운 섬
끝없이 펼쳐진 해변을 걷는다
부서지는 파도는
옛이야기를 불러오고
모래 위에 새긴 글씨는
고적한 맘을 달랜다

인적 없는 해안도로의
청결한 바람은
객의 마음을 씻기운다
해변에 핀
해당화 열매는 시들어
물까치 떼의 간식으로
살아가는데,
귀 언저리에 환청으로
들리는 뱃고동 소리는
소년처럼 맑고 환하다

등대가 보인다

똥파리

똥파리 한 마리가 날아와
밥상머리에 앉았다
밥에 앉았다가
반찬에 앉았다가
요리조리 날아다닌다
붕 붕 붕
예의 없는 놈
반갑지 않은 불청객이
어인 일인가
밥 먹다가 그놈을
자세히 내려다본다
두 눈은 붉은색
몸통은 광택을 두른 황금색
궁둥이는 보송보송
검은 털이다
어디 가서 사기 치려
두 손으로 빌고 있는가
이제서야 알았다
밥 먹다가 알았다
먹을 것만 있으면

순식간에 모여드는
안면몰수 눌어붙는 놈
이것이 똥파리렸다
에잇!
정의의 칼을 받아라
밥 먹다가
숟가락 몽둥이로 똥파리를
내리쳤다

어긋났다

등대섬 풍경

출항(出港)을 알리는 방송이 흘러나오고
가난한 등대섬의 하루가 느릿느릿 시작되었다
중국 어선이 훑고 지나간 섬은 죽은 듯 고요하다
우체통 같은 빨간 등대 섬에는 실눈 뜬 괭이 한 마리가
한가로이 누워 졸고 있다
아이들 소리 끊어진 지 이미 오래된 외딴섬의 출항이다
뱃전이 술렁이고 깃발의 흔들림이 출항을 알리고 있다
항구와 배를 잇는 나무계단에는 한 무리의 삶이 와자하게
앞서거니 뒤서거니 입 벌린 출구로 빨려 들어간다
여객선은 미끄러지듯 흔들리고 바다는 이내
쌍갈래 가르마로 갈라진다
포말의 분수는 홍해의 기적처럼 나누어지고 있다
물보라 사이로 쏟아지는 하얀 빙수 가루는
환호하는 갈매기 떼를 부르고 있다
가래 끓는 숨소리처럼 엔진은 점점 거칠어지고
폭주하는 배는 기관차처럼 달리고 있다
가다가 멈추는 그곳이 어디인가
배가 가는 곳은 희망이란 것이 있을까
배는 윷가락처럼 인형(人形)들을 뿌려놓고
보따리를 든 군상(群像)들은 어디론지 바삐 가고 있다

꿈꾸듯 흘러가는기
그 시절,
등대섬의 고기는 다 어디로 갔는가
분교의 풍금 소리가 멈추고 아이들도 떠나고
등대섬의 고독은 죽음처럼 깊어가고 있다
해안도로 옆에는 갈대꽃이 자늑자늑 춤을 추고
해당화는 붉게 피어 파도를 보고 있을 뿐이다
풍금 소리 떠나간 등대섬에는
백발이 성성한 소사 할아버지만 섬을 지키고 있을 뿐이다
너무도 적요(寂寥)한 섬이다

달뿌리풀

울음 우는 강가를 보라
쉐쉐거리며 흔들리는
그대는
억새도 아니었다
갈대도 아니었다
새들이 잠들어 쉬는 곳
갯가 외진 곳에
말없이 피어
바람에 흔들리다가
눈비에 흔들리다가
폈다가 졌다
졌다가 폈다
아무도 찾는 이 없는
후미진 곳에
그대는 묵묵히 자리를 지켰다
비구름 지나가고
은빛 만월(滿月)이 고개를 내밀던 날,
그대는 달뿌리라는 이름으로 태어났다

듬성듬성 빠진 머리로
가르마도 타지 않은
헝클어진 모습으로
오직 진실만을 얘기했다
그 어느 바람에 흔들림 없이
그 어느 눈보라에 꺾임 없이
변함없는 숨결로 살았다
그대가 누구인지 수년이 지나고서야 알았다
가슴에 담아두기만 했던
그대의 울음소리가 무엇인지
이순(耳順)이 넘어서야 알았다
그대는
만경강 새창이다리
구성진 상여소리였다

오 달뿌리풀이여!
오 아버지의 초상(肖像)이여!

등목

어릴 적
한여름 매미 울 적에
땟국물 줄줄줄
꼬질꼬질할 적에
우물가에 엎던 나에게
등목을 해 주시던 울 어매
오매 찬 거
아 차가
그 시절로 갈 수만 있다면

엄마! 하고
나직이 불러본다

오래된 사진첩

서랍을 정리하다가
우연히 사진첩을 본다
멀어져 간 친구
해맑게 웃고 있다
침대에 누워 뒤척이는 밤,
흘러간 세월
돌이킬 수 없는 것인가

청승맞은 밤이다

제2부

개밥 주러 가는 날

점례의 호박 농사

숲속 밭떼기에 점례가
오리 궁둥이만큼의 묵정밭에
호박 농사를 지었다
돼지거름이 최고라는데
돼지도 없고 인적 없는 숲속에
직업 농사꾼이 아닌지라
한 가지 꾀를 내었으니
이것이 기가 막히다
구덩이마다 씨를 뿌리고
궁둥이를 까고 똥을 싸서 덮었다
해님과 달님,
이슬과 비바람, 벌과 나비의 춤,
밤이면 산중의 적막감이 고요하고
뭇 생명들이 아름답다

씨 뿌리고 똥 싸서 덮은 두 달 후인가
호박 덩굴에 호박이 주렁주렁 열리고
점례의 입이 귀까지 찢어졌다

간재미

간재미는 회로 먹을 일이다
홍어 먹을 돈이 없는 놈들은
간재미를 먹어라

너무 커도 안 되고
손바닥만 한 것 껍데기 벗기지 말고
그냥 거칠게 썰어 먹을 일이다

간재미는 초장이나 간장이 아니라
시골 막된장에 매운 고추 팍팍 찍어
오독오독 씹어 먹을 일이다

겨울철 바닷가 눈 내릴 때,
맘 맞는 놈들 서너 명 모여
썰도 풀어가면서 먹어 볼 일이다

간재미를 제대로 먹으려면
막걸리 사발에 서러운 눈물을 담아
술잔을 부딪쳐 먹어 볼 일이다

못생긴 살구

숲속 골짜기에
시를 얻으러 왔어요
산지기가 다가와
불쑥
살구를 쏟아놓고 가네요
찌그러진 못생긴 살구가
말했어요
이곳에 뭐 하러 왔냐구요
새콤한 살구를 먹으며
침을 삼키며
곰곰이 생각했어요
오늘의 시는
못생긴 살구로 써야겠어요

글씨

아름답다는 말을
하이얀 종이 위에
써놓고 거울을 보라
거울의 미소가
얼마나 아름다운가
좋은 것만 생각해라
이제는 그렇게 살아라

마음씨

마음에는 씨가 있다
다독다독 곱게 뿌리면
환한 행복이 온다

마음에는 씨가 있다
삐뚤빼뚤 사납게 뿌리면
반드시 불행이 올 뿐이다

나이테가 하는 말

고목나무의 나이테를 보라
삶의 연륜(年輪)과 흔적(痕迹)을 보라
켜켜이 쌓인 둥근 원을 보라
얼마나 많은 아픔이 있었는지
얼마나 많은 상처가 있었는지
산 옹이와 죽은 옹이의 흔적을 보라
나뭇가지에 매달려 소리쳤던
수많은 아우성에 귀 기울여 들어보라
봄 여름 가을
그리고 눈 내리는 겨울
언제나 그 자리에 서서
세월을 이겨내었다
이제는 쉬게 하라
어린 새싹 파릇파릇 자리를 잡아
고목의 휴면(休眠)을 도와라
이것이 생명(生命)의 윤리(倫理)다
이것이 자연(自然)의 섭리(攝理)다

꽃섬

꽃섬이 있다 하여
배를 타고 가 보았다
꽃섬에 간 날
꽃이 지고 있었다
인생도 꽃이 피고 지듯이
바람 부는 꽃섬에는
꽃가루만 날리고 있다

한참 동안 서성이다
등대가 뵈는 선착장에
도착했다
멀리서 손짓하는 물소리가
거칠게 숨을 쉰다
꽃섬은 공연이 끝난
연극무대였다

약속

내가 그대를 나무로 볼 때,
세상은 믿음으로 가득하고

내가 그대를 꽃으로 볼 때,
세상은 향기로 가득하여라

꽃씨들 날아와 흙에 앉으면
벌 나비 춤추며 노래하리니

바람 불어 툭툭 꽃이 질 때면
꽃비 되어 여행길 떠나가야지

기왕이

중학생이 된 기왕이가 학교에서 오자마자
날다람쥐같이 밖으로 나가려 할 때,
기왕이 할머니 일성(一聲)을 질러댄다

"아니 너 어딜 그렇게 옷도 뒤집어 입고
급히 나가려 하니?"

"할머니 걱정 말아요"
"PC방에 친구들을 만나러 가요"

"PC방에는 왜?"

"네 저도 거기 가서 사회생활을 하려구요"

"사회생활?"

"사회생활을 잘 해야 큰일을 한대요"

순간(瞬間), 폭소에 놀란 할머니의
틀니가 빠져버렸다

쥐꼬리망초

시를 쓰러 강에 갔다가
쥐꼬리망초를 보았다
꽃말이 가련미의 극치
한참을 앉아 있다가
시는 얻지 못하고 되돌아 왔다

숭어

이십여 년 전 김제 만경강 목천포 다리에서
아버지와 어린 아들이 숭어 낚시를 하는 것을 보았다
아버지가 잡아 올리면 소년이 소리치며 달려가
그물바구니에 고기를 넣었다
내가 본 최고의 아름다운 광경이었다
저 멀리 강 이랑 타고 온 바람은 얼굴을 문대고
추수가 끝난 들판에는 늦게 핀 코스모스가
하늘하늘 나풀거리고 있었다
만경강에 내려앉은 영롱한 별 하나
지새는 달 숨어드는 숭어 떼와 춤을 추건만
바람에 흔들리는 부들은 아이스케키처럼
매달려 한가로운 오후를 흔들고 있었다
아직도 그 아름다운 풍경은 아스라이 남아
멈춘 시간 속에 숨 쉬고 있다
나는 숭어를 노래하고 그들은 숭어를 낚았다
그 소년은 이제 청년이 되어 세월을 낚고 있으랴

코로나19

침묵으로 입 다물었다
멈춤으로 거리를 뒀다
질끈 눈 감고 서 있다
전대미문(前代未聞)
세상천지 이런 날이 올 줄
아무도 몰랐다
보이지 않는 것에 무력한
인간의 한계를 보았다
어쨌거나,
내 생에 질곡(桎梏)의 한해
봄날의 꽃은 져 버렸다

달은 창을 비추고

공연이 끝나고
텅 빈 무대만 남았다
탄식과 감동의 화려한 막은 내리고
삼삼오오 흩어져
맘에 맞는 일행들과 잔을 부딪혔다
바람 부는 거리에
충혈된 눈을 깜빡이다가
낯선 숙소에 호올로 몸을 뉘었다
휴대폰 배터리는 점점 죽어가고
객고의 적막함에 밤은 깊어 가는데
잠은 오지 않고 뒤척이고 있다
달은 창을 비추고
바람에 흔들리는 나뭇가지가
물끄러미 나를 보고 있다
멀리서 차량이 미끄러지듯
지나가는 희미한 소리에
스르르 눈을 감아 본다
창가의 그림자도 천천히 숨었다
달은 창을 비추고
안드로메다에 이르고 있다

누드베키아

그대가 그리워 마냥 걷다가
하늘 향해 바라보다가
뒷목이 꺾여 버렸답니다

해바라기를 닮은 여름 꽃이여
여름이 와서 사랑했나요
그대 이름은 원추천인국이랍니다

아기

꽃이 이쁜들 아기보다
이쁠까
꽃이 고와 봐야 아기보다
고울까
늙어 아기를 보니
꽃보다 예쁜 게 아기였구나

정자리 소나무

그곳에서 너를 보았다
계곡으로 하늘로 뻗은
아름드리 웅장함
거침없이 솟아난 위용이
장관이었다
너는 가만히 있어도
공존의 부름으로
나에게 손짓하고 있다
너를 보러 가련다
목마른 그리움 오기 전에

욕

여보게나
욕하지 말게나
꽃처럼 말해 보게나
그래야
입에서 향기가 나지

우한 폐렴

픽 픽 픽 쓰러졌다
"픽"이라는 말이 이렇게 무서운 건 첨이다

더위팔기

내 더위
네 더위
먼저 더위
정월 대보름

내 더위
네 더위
맞 더위
세상이 환하다

공중화장실에서

99세 미만은 금연

장독대

장독대에 비가 내리네요
손으로 빚은 항아리에
그리움을 담아봅니다
간장, 된장, 고추장
수없이 퍼 나르시던
어머니의 모습이 떠오릅니다
비가 오면
물끄러미 바라봅니다
장독대에 비가 내리네요
내 마음에도 비가 내리네요

개밥 주러 가는 날

세밑 끝날에 개밥 주러 나섰다
갈빗집 주인에게 얻은 묵직한 봉다리를
차에 실었을 때, 개들의 표정을 상상해보라
얼마가 좋아 날뛸 것인가
인적 없는 산길 숲에
백구, 무명, 산이, 해피 네 마리 개가 반긴다
산중의 적막감이 처연하다
이 길에 들어서면 모든 게 까닭 없이 아름답고 쓸쓸하다
그 녀석들은 누구를 위하여 숲속을 지키는가
개로 태어나 개로 살다가 바람처럼 가는 운명이다
지난주 산이가 개 장수에게 실려 가는 날,
숲속의 최강자 호동이에게 물려 피투성이가 되었었다
부상당한 산이 대신 물어뜯은 호동이가 실려 간 것이다
염라대왕의 택일이 운명을 바꿔놓은 것이다
물려서 살아난 산이는 나를 무척 따르는 개다
먹이를 줘도 나를 바라보다가
곁을 떠날 때야 먹이를 먹는 정(情) 많은 놈이다
한 해 마지막 날,
그의 곁에 오래 머무르다 올 것이다

맛있는 김치

전라도 김치는 게미가 있다
보면 볼수록 먹으면 먹을수록
혓바닥을 감아 춤추는 감칠맛이 있다
곰삭은 묵은지 쭉쭉 찢어
뜨거운 흰쌀밥에 착착 걸쳐 먹으면
천하가 내 것이다
이것이 전라도의 맛이다

오매~
버얼써 침이 고였네

고집멸도(苦集滅道)

작은 불빛 하나 볼 수 없는
숲속의 밤
고요를 깨뜨리는
나무들의 숨소리
칠흑같이 어두운 검은 숲
생명의 신비를 감추고
잠든 영혼들이여
고개를 들어
반짝이는 은하수 강물을 보라
떠나간 벗은
지금쯤 어느 하늘에서
나를 바라보는가
삶이란 목이 메어 부르다가
떠나가는 것인가
나이를 먹어 남는 것은
아득한 추억을 더듬는
눈 먼 자가 되는 것인가
황망한 부고(訃告)를 듣고
반복된 문상을 하고
자리에 누울 때마다

나는 검은 숲으로 가고 있다
세월은 사과 깎는 소리로
사각사각 소리를 내며
흘러가는데
오늘도 나는 졸고 있는 별을 깨워
허기진 그리움을 채운다
밤은 깊어만 가고
아스라이 눈을 감는다
고집멸도(苦集滅道)의
별을 심으러 간다

물봉선

숲속 계곡에서 너를 첨 보았을 때
너는 있는 듯 없는 듯
들꽃의 하나일 뿐이었지
여름 끝나고 가을 오는 길목
어느 골짜기에 피었을 때
그저 희미한 꽃으로만 알았었지
그렇게 해가 바뀌고
물안개 핀 어느 날인가
숲속 계곡에서 너를 보았지
내가 그리워하던 꽃이
바로 너였다는 것을 그때 알았지
얼마나 서러우면
핏빛으로 지는지도 그때 알았지
나의 경솔함을 다시 깨우쳤다네
꽃을 보고 미안하다고 처음으로 말했지
고개 숙여 피는 꽃이
참된 것임을 다시 알았지

눈물의 꽃
물봉선이여

상을 치르고

삼우제(三虞祭)를 치르고
얼마나 지났던가
호올로 살던
어매집에 가 보았다
꺼진 연탄불과
황망히 떠나간 흔적이
어지럽게 널브러져 있었다
전기세와 수도세
몇 푼 안 되는 고지서가
편지함에 끼워져 있고
벽면을 다 가린
음력이 나오는 큰 달력에
아들 며느리 손주 생일이
동그랗게 그려져 있었다
낡은 거울에 비친 내가
불현듯 눈물을 훔치고 있다

가을

가만히 있어도
서러운 계절
초록 강가에 낮달이 떴다
가을 단풍 달을 덮었다

어머니라는 존재

"박사님!
박사님은 어머니가
돌아가신 지가 얼마나
되었나요?"

"으~흠 삼십 년도 더 넘었지
내 나이가 낼 모레 팔십이야"

"아 그래요
그럼 이제 잊어질 때가
되었나요?"

"무슨 소리인가?
어머니라는 존재는
해가 갈수록 더욱더
새록새록 떠오른다네
세월 가면 모든 게
흐릿해져 작아지건만
점점 더 커지는 것은
어머니뿐이야"

환생(幻生)

여보게나
우리가 꽃을 보면
죽어 꽃이 되고
별을 보면
죽어 별이 된다네
우리 생(生)이 끝나는 날,
그 무엇이 되고 싶다면
오직 마음 두는 곳을 보게나
내가 너를 보고
네가 나를 본다면
꽃은 별이 되고
별은 꽃이 된다네
그렇게 환생하는 날,
작은 새 한 마리
꽃잎 하나 입에 물고
포르릉 포르릉
별 찾아간다네
이 얼마나 아름다운 만남인가
좋은 것만 생각하게나
남은 생은 들꽃처럼
살아가보세

자스민

뽀얗고 탐스러운 그 꽃
천국의 향기가 너였나
바람아 불어라 불어라
너의 향 나누어 주렴
세상을 채워 미소 지으렴

제3부

가을날 아침

감악산

진눈깨비 내리던 날,
물푸레나무 휘어진
지팡이를 든
산신령 복장의 벗과 함께
산을 탔다
임꺽정이 살았던 감악산에
그 옛날 까마귀가 오더니
우리를 반긴다
몸 기댈 울타리 없는
늙은 소나무는
바위에 뿌리를 틀고
애처로이 비바람을 맞고 있다
노송은 휘어져 세월을 보태고
가슴에 앙금을 쌓듯이
켜켜이 누워 침묵하고 있다
멀리서 임진강 물결
푸르게 출렁이고
파란 바람 한줌 날아와
범륜사 처마 끝에 앉는다
고통과 설움의 날이
대웅전의 기왓장 골에도
무수했으랴

흐르는 강물 소리여
바람에 흔들리는 풍경소리여
하산 길 저녁달이 비치는
나그네를 보라
중생의 죄 업고 가는
쓸쓸한 뒷모습을 보라
세월을 낚아 걷고 있는
그림자는 어디로 가는가
감악산아 너는 이제
오래된 사진첩으로 남아
출렁다리에 출렁거려
서 있는가
사람 둘과 사람 아닌
그림자 둘이
휘적휘적 내려오니
멀리서 잿빛 연기
피어오르고
어머니 품속 같은
그리움이 보인다

하산(下山)이다

설렁탕

내일모레 글피가 되면
구정이다
신내동 노인요양원 앞
잘한다는 설렁탕집에
혼자 앉았다
때늦은 점심
오후 3시가 되었다
한바탕 큰일을 치른
주방 안에서는
한대수의
'물 좀 주소'라는
노래가 흘러나온다
문득 옛날,
울 어매 아배가 생각난다
울 어매는
일흔셋에 돌아가시고
울 아배는
일흔한 살에 돌아가셨다
내가 살아갈 날이
울 어매 아배 명줄대로라면

아직도
십 년은 더 살 수 있겠다
밥 한 그릇 앞에 두고서
청승맞게 눈물 한 방울
팔팔 끓는 설렁탕 국물에
"툭" 떨어졌다
송송 썬 파
한 숟가락 넣었다
먹어야 산다
잊어야 산다

수십 년이 흘러도
나는,
막내아들이면 족하다

약속

시인의 아내는 화가다
그녀가 먼 길을 떠났다
웃는 얼굴의 나를 그려준다
약속했었다
자화상이라 했는데
자화상은 내가 그리는 것이 아닌가
초상화와 자화상을 묻지 않은 채
하늘로 영영 보내드렸다
뇌경색 환자에게 따지는 것이
예의가 아니라 생각했다

가을날 아침

숲속의 작은 새떼
포르릉 포르르릉

단풍 한 잎 바람 불어
사르르 사르르르

새벽이슬 풀잎에
또르르 또르르르

다람쥐 눈을 떴나
삐욱 삐욱 추르르르

산국은 노오랗게
온 산이 향기롭다

가을꽃

계절의 마지막 꽃,
억새가
하이얀 분 바르고
길을 나섰다
은빛 물결 춤을 추다
먼 곳으로 가려 하는가
온 세상 서러움을
모두 다 안고
은빛 바다 흘러 흘러
어디로 가나
가을꽃 억새여
너는 한 점 방울방울
별리(別離)의 눈물이었나
하얀 손수건 곱게 접어
보내주려마
은노을 춤추는
수평선 끝까지
갈매기 하얀 손
흔들어 주리

미투

자고 일어나보면
훅훅 날아가는 남자들이여
새털같이 바람에 날아가는
수컷들이여
들불처럼 번지는 지지직 소리가
온 천지를 뒤흔든다
민들레 홀씨 되어
어디론지 날아가다가
밑으로 떨어져 정착하리라
이것이 미투다
이것이 원심분리다
미투(迷途)는 방향 잃은 돛단배다
벌 나비가 꽃을 찾아가는 것은 자연의 순리다
미투라는 것이
선(善)과 악(惡),
미(美)와 추(醜)의 강을 건너
부관참시까지 되어서는 안 되는 것이다

호박 도둑년

지것도 아닌데 땄다
호박 도둑년
농부는 당했다
헛고생만 했다
따고 남은 호박 줄기
눈물이 나고
잠자리 하늘하늘
날아 노닌다
능청맞은 가을 하늘
푸르디푸르다

거울

아말감을 발라서 나를 본다
봄 여름 가을
그리고 눈 내리는 겨울까지
세월은 나를 먹고
나는 밥만 먹었다
이 찬란한 봄날의 오후,
거울에 비친
이순(耳順)의 초상 하나
그것은 빈 의자를 스적이는
쓸쓸한 바람 한 점이었다

어느 가을날에

가을이 깊어가던 어느 날인가
매실밭에 별이와 백구가
사랑에 푹 빠졌다
삼 일째 뜨거운 사랑을 주고받으며
떨어지질 않는다
너무 멋지다
도토리 줍던 아낙들이
부끄러워 안절부절못한다
흥분을 못 가라앉힌 백구의 도발에
야산(野山)의 단풍도 붉게 물들었다

또 하나의 가을이 가고 있다

편지

편지를 쓰던 그 시절이 그립다
빠알간 우체통 앞을 서성대며
그리움 가득 담아
띄워 보내던 그때가 그립다
강둑에 앉아 쓴 편지가
도착할 즘이면
두근두근 싸리꽃도 붉게 울었다
풀꽃향기 하늘에 날리듯
편지 속 살가움에 손가락도
파르르 떨었다
기다림에 눈물짓던 편지는
이제는 달빛 추억이 되었나
편지를 보내고 기다리던
그 시절이 사무치게 그립다

숲속의 정원

꽃 백일홍이 환하게 웃고 있는
숲속의 정원에 왔다
어둠 속에서 가곡이 흘러나오고
피아노 바이올린 첼로
빗줄기 사이 앙상블로 춤을 춘다
모두가 하나가 된 빗속의 공연
지칠 줄 모르는 장구와 북이
심장을 두드리며 흥을 돋운다
낼이면 평온을 찾으리라
단순한 여백의 하루로 돌아가리라
숲속의 정원은 알고 있다
분 바르고 노래하며 춤추는
인형놀이도 불빛이 꺼지면
모닥불처럼 사위어 간다는 것을
견지낚시와 봉숭아 꽃 물들이기
밤 줍기 트레킹도
가을밤 깊어 가면 잠이 든다는 것을
공연이 끝났지만
노련한 첼리스트의 몸짓과 소리가
검푸른 하늘에 섬광으로 남아 있다

사랑 그 쓸쓸함에 대하여
노래하고 있다
모두가 떠나간 빈 공연장
그리우면 그리운 대로 남아
쓸쓸하면 쓸쓸한 대로 남아
가을밤 추적추적 비가 내린다
시월의 어느 하룻밤인가
낙엽 한 잎 곱게 펴
추억으로 오롯이 묻어두리다

안부(安否)

누군가의 안부를
묻는다는 것은,
생의 한때를 잠시나마
같이 사는 일이다
편안하게 잘 지내고 있는지
그렇지 아니 한지 묻는 일은
사람의 도리를 하는 것이다

나마스테

문명은 눈으로 오고
자연은 귀로 온다
이것이 마음에 와닿을 때,
모든 것이 경건해진다
흐르는 물소리
스쳐가는 바람 소리
흔들리는 꽃 한 송이
이것을 보고 들을 수 있을 때,
세상이 얼마나 아름다운가
얼마나 경이롭고 감사한 일인가
모든 것의 내면을 보는 것
결의 숨을 보는 것
이 모든 것이 신의 은총이다
세상에서 가장 아름다운 인사
누군가를 위해 기도하는 것
나를 위한 기도가 아니고
타인을 위해 두 손 모아 기도하는 것
이것이 나마스테다

설

정월 초하루다
새해 복(福) 많이 받으라
전화와 문자가 온다
보이지도 않는 복을
어떻게 받으라 하는가
한 달이 지나고 다시 설날이다
또다시 새해 복 많이 받으라는
전화와 문자가 여기저기 온다
언제부턴가 나이를 자꾸 먹다 보니
내 나이가 정확히 몇 살인지
알 수가 없다
또 다른 새해가 시작되었다
눈도 오지 않는 이상한 겨울,
마른 풀섶의 강둑을 걷는다
사마귀와 방아깨비가
계절을 모르고 튀어나와 얼어 죽어 있다
겨울철에 개나리가 꽃피운 것도 있다
겨울은 겨울다워야 하는데
눈이 오지 않는 겨울은

겨울이라 하고 싶지 않다
저물녘,
강가를 걷는 이 황량함은 무엇인가
스치며 사라지는 모든 인연이
나를 외톨이로 걷게 하고 있다
새해에는 어떻게 살까
바람에 흔들리는 들꽃처럼 살다가
생각 없이 살아갈 수는 없을까

아름답지 않은 것들

대학가 앞에서
다 큰 처녀들이
담배를 피우는 것을 보았다
그렇게 참기가 어려운가

전철 안에서
길거리에서도
청춘 남녀가
한참 동안 껴안고
입맞춤하는 것을 보았다

아름답지 않은 것들이
소스를 뿌린 오므라이스처럼
세상을 덮고 있다

노오란 은행잎이 떨어지는
의자에 앉아 화장을 한 인형들이
지나가는 것을 바라보고 있다

빠알간 우체통에 우표를 붙여
편지를 보내던 소녀가 그립다

이제 더 이상 이변(異變)
아닌 세상 되었다

달맞이꽃

세상사(世上事) 살다 보면
사연 없는 사람 없다
아이들이 자라고
어른들은 늙어가고
켜켜이 쌓인 사연 앞에 우리는 놓여 있다
슬플 때는 울어라
소리 내어 울지 말고
숨죽여 울어라
눈물이 줄줄 흐르도록
콧물이 줄줄 나오도록
그렇게
울다가 스러져 잠들어라
지난(至難)한 세월 살다 보면
단단해져야 산다
올곧게 서야 산다
그렇게 살다 보면
언젠가는
그 언제인가는
꽃 무더기 환호하는 꽃비가 내리리니
그때까지는 울어라

그때까지만 소리 죽여 울어라
달맞이꽃 노랗게 필 때까지만…

칼랑코에를 보며

개업을 축하한다며 검은색 비닐봉지에
작은 화분을 넣어 들고 그가 왔다
신설동 사거리 노점상에서 샀다 했다
칼랑코에라는 꽃송이를 들고 온 그는
사무실 공기 청정에 좋을 거라며
나지막이 말했다
그는 언제나 향기가 나는 친구였다
돈은 없어도 품격이 있었다
차분하고 겸손했으며 젠틀한 낭만주의자였다
그는 조금은 느리지만 청빈하고 고결했다
그는 아기 눈동자처럼 깊고 맑은
눈을 갖고 있었다
꽃을 건네주고 남은 손에 향기가 남듯이
칼랑코에를 들고 찾아온 그의 향기는
세월 흘러도 잔상으로 남아 있다
그는 떠났다
영원히 한 점 별이 되었다
끝이 있다는 것을 알았더라면
더 잘해 줄 것을 이제서야 알았다
텅 빈 사무실에서

그가 남기고 간 칼랑코에를 보고 있다
금년 봄 새순이 돋고 봉우리가 맺었다

메멘토 모리

산이

생강나무가 노랗게 물든
삼월의 어느 오후,
숲속에 사는 어룡 형님을 만나러
갔다가 첨 보는 개를 만났다
먹성 좋게 주둥이는 뭉툭했고
귀는 쫑긋 섰으며
강아지 치고는 가슴팍이 쩍
벌어진 게 예사롭지 않았다
첫 대면부터 팽팽한 기운이 있었다
눈가에 허연 흰자를 드러내며
꼬리를 말고 죽기 살기로
짖어대는 것이었다
몇 분만 사귀면 꼬리치는
그러한 헤픈 개가 아니었다
개를 좋아하는 나로서도
무장해제를 시키고 친해지려던
계획은 수포로 돌아가고
설득과 회유는커녕 체면이 말이 아니었다
이제 그놈을 만난 지 석 달이 되었다
팥배나무꽃이 찔레꽃처럼 화사하고 싱그럽던 날

드디어 그놈은 나에게 꼬리를 흔들었다
그놈 이름을 산이라고 지어줬다
함부로 정을 주지 않고
함부로 내치지 않는
올곧은 산이에게 세상을 배운다
헤프게 정 주지 않는 산이가 좋다

숲속의 산이가
두 번째 봄맞이하던 때,
산지기 형님 흔연히
입을 씰룩거리며
여름 오기 전 잡는다고 했다
여름 복날까지는
너무 멀다며 담배를 피워 물었다
밥 먹던 그놈 고개 들어
째려보다가
허어연 흰자 흘겨 보였다
낮말은 새가 듣고
밤말은 쥐가 듣는가
주인을 노려보는 산이

눈빛이 예사롭지 않다
산 벚꽃 무심히 바람에 날려
골짜기 바람 따라 흩날리고 있다
길면 두 달, 짧으면 한 달,
녀석도 꽃처럼 떨어지리라

The dog is a faithful animal.

가을밤

가을밤 산등성이 달은 떠 있고
참깨꽃 하얗게 눈이 부시다
갈대꽃 서걱대는 강가에는
은하수 한줄기 흐르는구나
머얼리서 개 짓는 소리
공허로이 메아리치는 이곳
가을새 숨죽여 소곤거린다

아 가을이다

가을밤의 이야기

호박엿 먹다가
앞 이빨 빠졌다는
바둑 회원의 전화

남보다 더 잘 웃는
그의 잇몸 굴이 뚫렸다
일곱 살 놀림감 되었다

어느 치과 돈 벌었다
가을 단풍 떨어졌다

세상 사람들에게

층간 소음으로
살인을 저질렀다는 뉴스를 보았습니다

이사 와도 못 하나
박을 수 없는 세상 되었답니다

내 방귀소리가
상대의 방귀소리보다
크다는 것을 모릅니다

이사해서 떡 돌리던
그 시절이 있었죠
지금 저희도 앞집에 누가 사는지 모른답니다

죄송합니다
부끄러울 따름입니다
우리는 지금 어디로 가고 있나요

계절은 가고
꽃은 피고 지는데 말입니다

우시장 풍경

갈매마을 정판돈 영감
젖도 안 떨어진 송아지를
팔러 우시장에 나갔다
할멈의 약값을 하려면
어쩔 수 없는 일이다
서너 차례 흥정은 오고 갔으나
송아지는 팔리지 않는다
해는 떨어져가는데
음~메~에
어미를 찾는 소리
더욱더 애상(哀傷)바치고
변덕처럼 마른하늘이 흐려지고 허기가 밀려온다
일단은
허기진 배를 채우려고
할매 국밥집에 발을 들였것다
왁자지껄한 국밥집 귀퉁이에 걸터앉은 정 영감
메뉴판을 보다가 잠시 망설인다
곰탕, 소머리국밥, 한우내장탕
그중에 밥이 말아져 나오는
소머리국밥을 고르고

막걸리 한 병을 시켰다
늙은 주모 바쁘기만 했지
소머리 국밥은 나오지 않고
깍두기만 덩그러니 나와 있다
헛물켜듯, 시간을 채우듯,
저분으로 깍두기를 잡아
입에 넣는다
창밖에는 비까지 내리고
거울에 비친 영감의 턱수염이
까칠하게 소금을 뿌려놓은 듯 허옇다
마침내 기다리던 국밥이 나오고
바쁘게 손이 움직인다
국밥에 고기가 그득하다
턱 터럭 사이로 국물이
흘러내린다
앓고 누운 할멈이 생각난다

아무래도 오늘
팔리기는 틀린 것 같다

추락

어젯밤 꿈에
아래 이빨이 몽땅 빠졌다
그리고
문자 하나가 날아왔다
오늘 아침
강원도 인제 공사장에서
아끼던 후배가 떨어져
운명을 달리했다는 문자다

익은 감만 떨어지는 것이
아니듯
설익은 땡감도 떨어지는
것이다
운명은 바람에 날아가는
낙엽인 것이다
아침 기별은 가슴 먹먹한
쇠몽둥이가 되었다

판결

거미줄에 잡벌레가 걸렸다
바둥바둥
힘 없는 것들이 울부짖는다
죽음을 앞둔 가련한 것들

거미줄에 큰 벌레가 걸렸다
흔들흔들
힘 있는 것들이 웃고 있다
거미줄 따위는 찢고 나가리

유전무죄(有錢無罪)
무전유죄(無錢有罪)

늙어 가는 것

자다가 새벽녘에 깼다
문득
바람과 자연의 노래
몽골의 흐미를 생각한다
화장실 물을 내리고
다시 침대에 누웠다
전자요의 전원을 켜고
사지를 펴 눈을 감는다
늙어 가는 것은
자다가 깬 달팽이처럼
무덤덤한 것이다
껍데기 깨진 달팽이가
촉수를 세우고
느릿느릿 기어가는 것이다

술 예찬

술은 혈액을 콸콸 돌게 하는 링거액
술은 황홀경의 디오니소스
술은 꿈의 나락으로 가는 은빛 호수

불면증

삼십 넘은 자식 걱정에
자다가 깨어 눈 감고 있다

육십 먹은 아들 걱정에
구순의 어머니가 눈 뜨고 있다

꿈

왼쪽 요골동맥이 끊어져 검붉은 피가 솟구쳤다
군중 속에서 누군가가 날카로운 면도칼을 긁고 사라졌다
내일은 사라진 녀석의 섬찟한 미소를 생각해야 한다

옥이

세밑 끝날,
고속버스 뒤 칸에
옥이가 남편 손을 잡고
좋알대고 있다

"당신 나 만나서
언제 맛있는 거 한번
사줘 봤어요"
"맨날 먹던 것만
먹고살잖아요"
"영화 한편 뵈 주지도
않고서"

남편은 무심히
창밖을 보며
한마디 내어 뱉는다

"그래,
딸기꽃이 피면
딸기 한 소쿠리
사주리다"

달리는 버스에
새신부처럼
달뜬 표정의 아낙 손에
힘이 들어간다

잿빛 하늘에는
포근히 눈이
내리고 있다

달력을 넘기며

달력을 넘기다가 숨이 탁 막혔다
엊그제가 정초니 뭐니 떠들었는데
달력이 반 토막 났다
이러다가, 엉겁결에 연말이 닥치면
도토리를 붙잡고 껍데기를 벗기는 다람쥐처럼
후회의 쳇바퀴만 돌리고 있겠지

제4부

세월의 언덕에 서서

아그 동지(冬至)

이십사절기의 하나
동지가 음력 초순 하늘
손톱 같은 달에 걸렸다

아그 동지 때는
팥죽 대신
떡을 해먹었다

그 동짓날이 되면
시루떡을 만들어
역귀를 물리쳤다

시루떡을 만들 때
시루에 바람이 새지 말라
동그랗게 발라놓은
시루 태를 보며
모락모락
김이 나고 익으면
떼어서 나눠줬었다

잔불이 꺼질 때까지
쭈그리고 앉아
솔가지 허적거려 노래 불렀다

잿빛 하늘에
점 점 천 점 만 점
흰 눈이 쏟아질 때면
온 동네 개들도 즐거워했다
노루 꼬리같이 짧은 해가
길어지는 동짓날 오후,
얼음장 밑으로 흘러가는
물소리를 들어보라
눈 속에 고개들은 돌미나리가
도톰하고 차지게 눈 비비고 있다

동지 때가 되면
혼곤이 잠자던 연둣빛 청잣빛
새순이 봄을 준비하고 있다
참혹할 정도의 아름다운
생명에의 외경(畏敬)

댓잎이 사운대는 그곳에 서면
울컥 눈물이 난다
새떼의 운무가
그 시절 동지(冬至)를
다시 부르고 있다

강 박사

사월 어느 날인가, 라일락 향기가 코를 찌르고
온 세상이 연둣빛으로 싱그러울 때
꽃동네에서 환자를 돌보며 봉사활동을 하시는
강 박사님의 전화를 받았다
공도마 수녀님은 강 박사님의 강압적인 소개에
고개를 갸웃했다
납품을 도와주라며 약국 수녀님을 다그치던
노신사의 장난기 섞인 주먹질에 모두 웃었다
큰 빽에 견딜 수 없다며 웃으시던 수녀님이었다
하여,
거래가 시작되었고 늦은 저녁 박사님과 나는
오래도록 라일락 나무 아래 담소를 나눴다
불어오는 바람은 아직도 향기로 남아있건만
꽃나무 그늘 아래 웃음 짓던 강 박사님은
먼 여행을 떠났다
그분의 전화번호를 지금도 지우지 못하고 있다

나는, 수 년이 지난 그때 그 자리에 앉아
조용히 빈자리를 쓰다듬고 있다

자작나무 숲에서

삶이 지쳐 외로울 때면
자작나무 숲으로 가자
순백으로 밝히는 자작나무 숲에서
그리운 사람을 그려보자
자작자작 타다가
온몸으로 화촉(樺燭)을 밝히는
고요한 숲에 서면
모든 근심 걱정이 씻기어 간다
봄, 여름, 가을, 겨울에도
온통 하늘 향해 뻗어 서 있는
너를 바라보면
세상 모든 증오와 미움도 용서가 된다

삶이 지쳐 서러울 때면
자작나무 숲으로 가자
너는 그렇게 무수한 날에
멍들어 울음 울어도
하얗게 하얗게 사랑하라 노래 불렀나
뒤돌아보노라면
슬픔도 절망도 아름다운 추억이어라

별빛 쏟아지는 어느 날,
너는 추억의 강물로
흘러 흘러서
백설의 전설로 남으리라
영혼의 안식으로 서 있으랴

이별 방정식

남자는 여자를 사랑할 때
반만 사랑을 한다
여자는 남자를 사랑할 때
전부를 사랑한다

헤어진 후, 세월 흘러
남자는
흘러간 로맨스를 그리워하며
나머지
반의 사랑마저 줘 버린다
비가 오는 날에는
고독한 늑대가 되어
옛 여인을 기억해내며
순수한 양의 탈을 쓰기도 한다

그러나
여자가 헤어지면
이전에 줬던 나머지 사랑도
챙겨 떠나버린다
마치 햇볕이 쨍쨍 쬐는 날,

선글라스에 도도한 자세로
나들이를 떠나는
여우가 되는 것이다

새해

새해에는 새 기분
새 각오로
오달지게 살아갈 일이다

오늘의 태양은
내일 다시
떠오르지 않는다

새벽 여명(黎明)을 비추는
붉은 태양은
새롭게 떠오를 뿐이다

어제는 모두 죽은 것이고
오늘을 사는 것은
꿈틀거리는 살아있음에서다

숨 쉬고 살아있어도
깨어 있지 않은 삶이라면
모두 죽은 목숨이다

비몽사몽 꿈결에
깨어 있지 않은 삶은
꿈속을 걷고 있는 것이다

새해에는 새 기분
새 각오로
오달지게 살아갈 일이다

입수금지

나이 들어서는 물에 들지 마라
철 지난 바닷가에 가지 마라
하이얀 모래밭에 이름을 새겨 보라
파도가 지나가면 청춘은 이미 지워졌으리
그리운 것은 늘 멀리 있는 것
파도가 치는 것을 마음으로만 보라
사사건건 상처 입지 마라
늙어 가는 것은 텅 빈 외로움이니
입수금지란 바로 그런 것이다

십일월의 시(詩)

일 년 열두 달,
사계(四季)에 뱀과 벌이 없는 달은 십일월이다
노뱀벌이기에 뱀과 벌이 없는 것이다
바람에 날리는 낙엽을 보는 것만으로도
십일월은 스산한 계절이다
비라도 후두둑 떨어지는 십일월의 밤거리는
죽음의 그림자마저 드리워져있다
가을도 겨울도 아닌 어정쩡한 계절의 길목에 서면
싱거운 친구 서넛이 모여 어청도나 선유도에 가서
회나 한 접시 떠서 먹으며 허튼소리로 웅성거릴 일이다
그렇게 지키지 못할 신소리라도 하면서
포장마차에서 어묵이라도 먹을 일이다

십일월이 되면
가는 것 오는 것 회상(回想)하면서
골방에 누워 뒤척일 일이다

부산의 밤

쐬주 한 잔 따르렴
반은 두 손 모은
그대 손으로

쐬주 한 잔 따르렴
반은 피 같은
그대 정으로

가을의 끝자락
자갈치의 먹방은
깊어만 가고

조개 굽는
그대 눈은
붉어만 간다

술잔은 두레박처럼
흔들리다가
싸르르르
목젖에 흘러내린다

쏟아지는 별빛 아래
희미한 실루엣
출렁이는 밤바다에
푸르게 젖었다

눈 내리는 밤

나비떼가 나풀나풀
소리 없이 내린다
강가에도 들녘에도
온 세상 하얗게
곱게 잠들어 내린다
잠 못 드는 밤,
가로등 불빛 하나
온몸으로 눈을 맞고 있다
적막한 가슴 다독이듯
밤새 외로움 재우고 있다
하아얀 나비처럼
한 잎 또 한 잎
밤새 그리움 쌓이고 있다

여행

비운다는 생각을
하는 순간
비우지 못하는 것
있는 그대로
놔두는 것이
비우는 것이다
여행이라는 것도
그저 쉼표 하나로
바람처럼
떠나 비우는 것이다

겨울

눈이 오지 않는 겨울은
겨울이 아니다
소한(小寒) 대한(大寒)도
눈이 오지 않는다면
그것은 겨울이 아니다
겨울은 눈이 와야 겨울이다
하얗고 포근하게 펑펑 쏟아져
모두의 마음을 덮어줘야
진정한 겨울인 것이다
바람 불어 꽃이 피고
바람 불어 꽃이 지듯
겨울이라면 폭설이 내려
한 번쯤 눈 속에 갇혀봐야 하는
것이다
모든 것은 "다워야" 하듯이
겨울은 겨울답고
사람은 사람다워야 하는 것이다

잘못된 인사

오래 사세요
인사하지 마라
치매나, 입원환자에게
오래 사세요는 욕이 된다
건강하게 오래 사세요
라고 해라

복 많이 받으세요
인사하지 마라
평생을 살아가면서
아무것도 주지 않으면서
그저 입으로만 복을 많이
받으라 해서는 안 된다

누구에게 허리 굽혀
인사하지 마라
누군가를 존중한다면
허리가 휘도록 굽히지 말고
마음속으로 허리를 굽혀라

얼마나 많은 잘못된 인사가
사회를 어지럽히는가
진정한 인사는
꽃과 나무처럼 향기롭고
은은한 것이다

그대가 진정 울어야 할 때

숨겨진 눈물이 얼마나 아름다운가를
그대는 아는가
숨겨진 아픔이 얼마나 서러운지를
그대는 아는가
절망의 언덕에서도 숨죽여 울어라
그렇게 울다 보면 푸르른 하늘과
스치는 바람이 너에게 말을 걸리라
모든 것은 다 지나간다고
견딜 만큼의 시련을 준다고
너의 어깨를 쓰다듬으며 말하리라
명치끝 가슴을 누르던 돌멩이 하나
사르르 녹아내려 꽃으로 피는 날
그제야 소리 내어 우는 것이다

코로나 등산

사람이 사람을
피해 다니는 세상에
예봉산에 올랐다

눈 내린 산기슭은
은분을 뿌려놓은 듯
아름답다

올라갈 때도
내려갈 때도
단 하나의 인기척 없다

고라니 한 마리가
숲을 가르며
뛰어가고 있을 뿐이다

사람이 없는 예봉산
나 혼자
웃고 내려온다

고광나무에 눈 내리면

가시연이 잠자는 방죽을 지나
바람의 언덕을 지나
폐허가 된 고가(古家)의 뒤안
그곳 고광나무에 눈이 내린다
이른 봄 싹을 틔워
오월 어느 날,
흔연히 꽃 피워 내릴 것이다
청룡 백호 주작 현무
산허리를 휘감고
누군가 자리 잡은 선비의 옛터에
세월은 흐르고
계절도 흐른다
고광나무에 하아얀 꽃잎
흩날릴 때면
고가의 선비는 달빛 젖은
꽃향기에 취했으리라
지금 향기 잃은 고광나무에
다시 눈이 내린다
까맣게 흘러간 세월 앞에
꽃잎처럼 한 점 한 점

눈이 내린다
너도 가고 나도 가고
세월이 가고
백 년 이백 년 후에도
어김없이 눈은 내리리라
계절에 관계없이
새들은 날아 노래하리라

세월의 언덕에 서서

자고 일어나 보니 온몸이 아픕니다
오늘은 친구와 산에 가는 날입니다
이렇듯 또 한 해가 갑니다
거울을 보며 옷매무새를 고쳐봅니다
희끗희끗한 머리가 거슬립니다
로션도 좀 발라야 합니다
패인 주름이 깊어 갑니다
늙어가는 것을 숨길 때가 왔답니다
모든 게 쓸쓸하고 허전할 때,
문득 허물없는 친구를 만나
허튼소리라도 나누렵니다
상처로 얼룩진 세월의 언덕에 서서
그래도 파안대소하렵니다
잿빛 하늘에 눈이 내려도
우리는 소년처럼 웃으렵니다
눈 내리는 광장에
목줄 풀린 개가 되고 싶습니다
육십 환갑이란 이렇듯
앞만 보고 달려온 기차였답니다
망막이 시린 기차는 바람의 언덕이었습니다

이제 아버지가 걷던 마지막 종착역을 향해
남은 정거장을 다시 달리렵니다
꽃이 쏟아지는 종착역에 다다르면
나도 별이 될 것입니다
가을은 벌써 겨울을 부르고
세월의 언덕을 넘으려 합니다
그것은 아름다운 회상의 언덕이기에
외로움도 달게 마시렵니다
모든 사람이 행복하기를 빌면서
작은 미소를 보내렵니다

세밑

자고 나니 발목까지
눈이 왔다
깜짝 놀랐다
온천지 하얀 꽃 폈다
자고 나면 하얘진다는
세밑
세상이 밝아졌다
백구가 좋아라
하얗게 웃고 있다
오래전 내리던 눈
영화처럼 내리고 있다
잿빛 하늘 보고
웃던 겨울이 그립다

펄 펄
펄 펄

송해

천구백이십칠년 사월이십칠일생
일요일 정오의 남자가 전국노래자랑을 진행한다
황해도 재령 출신인 송해가 방송을 하고 있다
가만히 있자
그러니까 천구백이십칠년이면 몇 살을 먹은 것일까?
계산기에다 대고 내 나이를 빼 본다
내 나이를 뺄 게 아니라,
올해를 빼야 계산이 나오는 것 아닌가
늦여름, 쭈그러진 그림자 하나가 허리 굽혀
계산기를 다시 두드리고 있다

묻지마

삶이 뭐냐고 묻지마
인생이 뭐냐고도 묻지마
우리는 너 나 없이
관광버스 한번 탄 거뿐이야
붉게 피었다가
하얗게 지는 거지

똥

건방진 똥은 나오다가 구부러진다
건방진 똥은 십 리 길을 가도 안 풀어진다

해후

잘 있었느냐고 묻거든
그냥 미소만 지으리
잘 살았었느냐 물어도
그저 미소만 지으리
인연은 어디서 어디까진 지
그것은 아무도 모르죠
하늘의 별과 달만 알겠죠
밤하늘 바람도 알까요
오늘 밤은 한번 묻고 싶네요

눈이 내리면 강을 건너리

눈이 내리면
강을 건너리
호리병 같은 세상
뒤로하고서
호올로
샛강을 건너리
새하얀 세상
새로이 태어나
설국에 핀
매화꽃 되리라

눈이 내리면
강을 건너리
부평초 같은 인생
뒤로하고서
호올로
눈을 맞으리
순백의 세상
품에 안고서
설국에 핀
동백꽃 되리라

미얀마

미얀마가 죽어가고 있다
미얀마가 통곡하고 있다
탱자나무 가시에 찔린 것처럼
괭이 발톱에 할퀸 것처럼
너무 아파 견딜 수가 없다
악마의 총부리는
민중을 향해 난사하고
푸르디푸른 사월의 언덕에
핏빛으로 물들어 가고 있을 뿐이다
대지의 울음소리,
외마디 비명소리로 곡 치고 있다
아무도 그 소리 귀담아듣고 있지 않다
아 민주의 생명들이여
아 흔들리는 들꽃들이여
삶과 죽음의 경계에서
마이야, 남딴, 푸윈의
검은 눈동자가 울고 있을 뿐이다
오늘 아침,
시위에 나서는
아들과 딸을 위해 밥을 지어

내보내는 엄마들이 있을 뿐이다
저녁이 되어 돌아올지 모르는
자식들이 있을 뿐이다
미얀마는 지금 죽어가고 있다
미얀마는 지금 철저히
외면당하고 있다

홍로설(紅爐雪)

화로에 눈이 나린다
화로에 눈이 나린다
적막한 산야에 눈이 나린다
붉은 꽃가루 바람에 날려
망막이 점점 흐려지는데
우리네 인생(人生)도
사위어가고 있다

화로에 눈이 나린다
화로에 눈이 나린다
초가삼간에 눈이 나린다
붉은 꽃가루 분분히 날려
눈물이 흘러내리는데
천 점 만 점 눈이 나린다
화로에 밤새 눈이 나린다

치매

치매 어머니가 버린
돈뭉치 삼억
입 달린 사람들
너도나도 떠들어댔다
얼마 후,
죽은 돈이 살아나
집에서 나왔다

고드름

배고파 따 먹던 고드름
처마 끝 매달린 고드름
너를 보며 웃는다
너를 보며 미소 짓는다
추워질수록 길어지는
고드름이여
녹지 말아라
울지 말아라
그리움이 커 갈수록 너는
길어졌었지

석순(石筍)처럼 내리는 고드름
빙순(氷筍)처럼 움트는 고드름
너를 보며 웃는다
너를 보며 눈을 감는다
길면 긴 대로
짧으면 짧은 대로
깨물어 맺은 인연이여
녹지 말아라
울지 말아라

떨어지는 눈물이 멈추는 순간(瞬間)
나는 아렸지

아! 아!
그 시절 수정 같은 동무들은
다 어디로 갔는가

설국열차

길 떠나자
설국열차를 타고
어디론지 떠나자
갈 수만 있다면
머얼리 떠나자
북극도 좋으리
남극도 좋으리
인적이 드문
아이슬란드의 항구에
다시 태어나 살아 보자
오로라가 춤을 추는
그곳에서
때 묻지 않은 사람들과
소소한 얘기 나누며
살아 보자
눈 내리는 날,
독한 위스키에 취해
노래하며 춤추자
화덕에 불을 지피고
서로서로 볼 비비며

놀아 보자
그러다가
그러다가
잠들어 울면 좋으리
다시 태어나면 좋으리

부의(賻儀)

지인이 간경화로
복수에 물이 차
사경을 헤매고
사는 것도 힘들다는
소식을 듣고
병문안을 갔다가
침대맡에 조용히
봉투 하나 놓고 왔다
그런데
다음날, 부의가 날아왔다
위로금이 조의금이 돼버렸다
이제 나도
내 몸을 돌볼 나이가 되었나 보다
육십이 넘어가니
여기저기 자꾸 아프다
칠십을 넘을지
팔십을 넘길지
언제까지 살 수 있을지
세상사(世上事) 알 수가 없다
내가 죽어

영정 사진 제단에 오르면
몇 명이나 올까
우리 애들은 어찌 살아갈까
부질없이
이런저런 생각 하다가
불을 *끄고*
침대에 누워 잠을 청해본다
세로로 누워 몸을 비트니
베갯머리가 축축하다

전등사에서

서설이 내린
암자의 약수터
얼음이 얼었다
움츠린 내 마음도
얼었다
단청은 빛이 퇴락하여
쓸쓸하다
하늘을 나는 새 떼
조각난 달 위
오고 가는데
매운바람에 흔들리는
풍경소리 푸르게
젖어 있다
하늘도 땅도
초지대교의 갯벌도
유구하건만
언젠가 별이 되어
떠나갈 내가

전등사 명부전(冥府殿)
앞에 서서
오랫동안
하늘을 본다

겨울 들목에 서서

낙엽이 지면 먼 길 떠나는 나그네가 됩니다
이 허허로움이 움트는 꼭 이맘때가 되면
무작정 외진 들판을 찾아 떠납니다
까치 몫으로 남긴 몇 개의 빨간 감을 바라보며 미소 짓습니다
감나무 사이로 바라보이는 잿빛 하늘은
금방이라도 눈이 내릴 것 같습니다
갈대꽃 흔들리는 강변에 물까치가 날아갑니다
생김새는 우아한 자태로 뽐내건만,
울음소리는 영 아닙니다
다리가 다 풀릴 때쯤에 직박구리 숲에 왔습니다
곤줄박이 동고비도
알갱이 같은 무리로 비비탄처럼 흩어져 날아갑니다
영동 산간 곳곳에 눈비가 온다는 일기예보기
옷깃을 여미게 합니다
가을이 가고 겨울 들목에 섰습니다
문득,
상처를 주고받은 인연들이 생각납니다
용서하렵니다 용서를 빌렵니다
그치지 않는 비는 없고, 멈추지 않는 바람이 없습니다
그 화려했던 꽃들도 지지 않는 꽃들이 없습니다

나의 시간이 다 하는 날까지 자연의 순리에 따르렵니다
첫눈 내리는 날 설레는 맘으로 살아가렵니다